それ行け ちよさん 95歳!!

そこ行く婆《ばあ》や、待ったしゃれ

ちよ女

たま出版

はじめに

お迎えが近いのか、私は、よく夢を見ます。

九十六歳になった今、顕幽《けんゆう》両界の境界が、高齢者割引とでもいいましょうか、緩和《かんわ》されて来たのやもしれません。

相変わらず、生、老、病、死の、日々の体験を積み重ねてまいりました。私の中で、死については、どこかで今まで、逃避《とうひ》していたように思います。だんだんと死が身近になって来たせいか、今作『それ行けけちよさん95歳!!』は、そのことに直面せざるをえなくなりました。皆さんの励ましと、多くの方々のご支援によって、出版することが出来ました。

二〇〇五年から一年間、二〇〇六年の一月頃までの日常生活を、あるがままに綴《つづ》りました。

そして、趣味の短歌と川柳を各章に収めさせていただきました。

こうして、頭がぼけず、ペンを持ち、書き記すことが出来ましたことを、生命《いのち》の源《みなもと》へ讃美《さんび》と感謝《かんしゃ》を捧《ささ》げます。

生命の際へ棒しく
ながれしく枯らく上は
どっかりと黙すわく
いずこみれしくの

二〇〇六年 秋

ちよ女

目次

〈一〉

乙女椿《おとめつばき》に魅《み》せられて

まぶしいほどの陽射しは、乙女椿《おとめつばき》の濃《こ》い青葉の上を白く輝かせていいます。上の方に一輪咲いた可憐《かれん》なピンク色の花を、より引き立たせるように美しく照らしていました。暖冬《だんとう》とはいえ、頬《ほお》に触れる風は、一瞬でしたが、痛《いた》みを感じるほどでした。

窓外《まどそと》に見えた、早咲きの一輪に誘われて、重い足を、庭へと運びはしたものの……

寒い季節は、特に、身体《からだ》が言うことをきいてくれなくなるのです。

頭が凍《い》てつくとでも申しましょうか、緊張《きんちょう》してしまい、手や足も冷たく硬《かた》くなります。

自分の手の指先が、木の枝のように変色し、血の流れが遅くなってきたような感覚に、早く家の中へ入らねばと思い直しました。

身体《からだ》の向きを変えた時、いきなり目の前に、一匹のねこが天から降ってきたように現れ、あっという間に姿を消しました。ねこの鳴き声ならぬ、大声を張りあげて、私は尻《しり》もちをつかず、ごろんと後ろへと仰向《あおむ》いて倒れました。私の声を聞きつけたのか、まっ黒いねこらしいものが、私の頭を掠《かす》めて、天から降ってきて逃げて行ったようです。

先に行ったのは、ときおり庭で見かけたよもぎ色の、外ねこではないかと思います。いずれにしろ、私は、驚きのあまり、もう心臓が苦しく、呼吸が止まりそうでした。

そのうえ、私は起き上がれないのです。必死で、右か左へ、まずうつ伏せになろうとするのですが、空に向かって両手を泳がせるだけでした。悪いことには、庭で一番狭い所で、左に李《すもも》の木、右は壁になっていて、その下方には、花鉢《はなばち》が並べてありました。

つかまる物がないのです。私は亀が甲羅《こうら》を下にして、足掻《あが》いて仰向《あおむ》いている状態でした。寒さと恐怖に震えながら、這這《ほうほう》の体《てい》で、裏の入口のドアまで辿《たど》り着き、やっとの思いで部屋《へや》に這《は》いずりながら上がりました。

誰の助けもありません。薄《うす》ぼんやりとした思考の中で、戸《と》を閉め忘れないようにと、いつも厳しく教わっていたのを思い起こしました。鍵《かぎ》は二重に付いていていて、摑《つか》まり立ちした記憶を留《とど》めてもいませんが、無意識に上《うえ》、下《した》二ヵ所の鍵を閉めたようです。

どうやって、二階の部屋まで辿《たど》り着けたのか、定かではありませんでした。いつもの椅子に座るのがやっとでした。椅子《いす》に座ってはみたものの、眠くって、身体中《からだ》が痛くって、私は、胸を押さえ、ベッドにもぐり込みました。痛みに耐えながら、泣き寝入りしてしまったのです。

私の中では、時間が全く停止しているようでした。

目を開けると、ぼんやりとした霞《かすみ》の向こう側に、娘の笑顔がありました。

「おとなしく、お寝《ね》んねしていたのですね。起こしたのかな……起きますか」

私は眠くって、朦朧《もうろう》とした意識の中で、

「御土産《おみやげ》あるから……」

娘の声に私は安堵《あんど》し、目を閉じました。

私は、うとうとと、まどろみながら、遠い記憶の中を彷徨《さまよ》っていました。

「ちよ、来て見い」

庭木の好きだった夫は、風花《かざばな》の舞う中で、早咲きの乙女椿《おとめつばき》の一輪に見入っておりました。ピンク色の花弁《はなびら》は初々《ういうい》しく、それでいて目を瞠《みは》るほど、新鮮《しんせん》で可憐《かれん》な色合《いろあい》でした。可愛《かわい》らしく、楚々《そそ》とした温《ぬく》もりある開花を、毎年待ち侘《わ》びていたものです。

思い出多い、乙女椿《おとめつばき》の開花に、私の心は、今日、庭へと、何の捉《とら》われもなく、魅《み》せられて吸寄《すいよ》せられたのでした。

もう二度とこの身体《からだ》では、故郷《ふるさと》へは帰れないと思うと、悲しさを通り越した孤独感が、どっと押し寄せてまいります。

涙を拭《ぬぐ》いながら、寝返《ねがえ》り一つ打てない、今の満身創痍《まんしんそうい》の現状を情けなく思い、思わず手足を動かしてみました。腰は重く、右足も左足も固く、胸はキュンと一突《ひとつ》き刺《さ》されたような痛みが断続的に走ります。

痛みで意識が少し戻《もど》ったせいか、不安が募《つの》ってきました。骨折でもしていたら大変だとの思いが募《つの》り、心配のあまり起きようとするのですが、起き上がることができないのです。

どうして、こんな状態になったのかを、考えるのでした。ねこ二匹が空から降ってきて、それを避《さ》けようとして転んだことを、やっと思い出しました。

この家に二〇〇二年七月末に来た日の体調を、同時に重ねてしまいます（『それ行けちよさん93歳!!』参照）。ここに来てからの私は、新しい故障箇所《かしょ》もなく、無事《ぶじ》に元気に過ごしてきたはずでした。それが今、ベッドに起き上がれないほどの、痛手を負《お》って呻吟《しんぎん》することになろうとは……。

鈍《にぶ》くなっている記憶の糸を、やっとの思いでつないでみれば、ねこに為《し》てやられたことが、口惜《くちお》しいのです。老いたとはいえ、情けないのです。ねこにまで、馬鹿《ばか》にされるようになった老いが、腹立たしいのです。

いきなり、目の前に、ねこが降ってきた事情が飲み込めないからです。二匹のねこが、私の頭を掠《かす》めたことは確かでした。

凍《い》てついた庭で、起き上がるまで、長い時間悪戦苦闘《くとう》したことを思い出すと、腹立たしくなってくるのでした。ごつごつした玉石《たまいし》で、背を擦《す》り剥《む》くほど痛いのに、誰一人助け起こしてくれる者はいなかったのです。儘《まま》ならぬ老いの身体《からだ》が情けなくて、悔《くや》し涙が頬《ほお》を伝うのでした。

ベッドの上に置いてあったはずのちり紙を探すために、やっとの思いで、首を捻《ひね》りました。

ファスナー付の黒い袋に入った、携帯用の魔法瓶《びん》がまず目に入りました。

――見慣れない魔法瓶《びん》が、テーブルの上にあるのかしら――

やっと、やっと、ほんとに、ほんとおに、身体《からだ》の節々《ふしぶし》が折れるほどの痛みを、耐《た》えに耐《た》えて、右腕に渾身《こんしん》の力を込めて、ようやく起き上がれました。

ベッドの縁《ふち》に腰を安定させ、両足を床のカーペットに、爪先《つまさき》からそっと、そっと、下《お》ろすことができたのです。

視野《しや》が広がり、視覚《しかく》はしっかりとしてまいりましたが、お重箱《じゅうばこ》もなぜそこに、今日に限って置かれてあるのか判らないのです。

身体《からだ》を動かすたびに、痛さは増します。耐え、我慢《がまん》して、痛みと闘《たたか》いながら、いつもの椅子《いす》へとそろりと移動しました。

ゆったりと、寛《くつろ》げる椅子《いす》は、背の低い私に合わせて、操作できるようにと、新調してくれたものでした。

使い始めた頃のことですが、立ち上がる時、左右の肘掛《ひじか》けの下にある操作ボタンに触《ふ》れたらしく、パターンと背凭《せもた》れが落ちたことがありました。その時、私は床にくの字になった椅子《いす》の中で、身動きできなくなりました。

こうして部屋の中に居《い》てさえ、油断すると何が起こるか、不安が募《つの》ります。

その時は、物音を聞きつけた娘がすぐに来てくれ、事無《ことな》きを得ました。新式の便利な椅子《いす》を使いこなせないことで、娘と私は、思わず大笑いしたことを、今更《いまさら》こんな時に、思い出したりするのです。

今は、お笑いどころではないのです。椅子《いす》すらも、今の私には、怖《こわ》い存在でした。

それでも私は、椅子《いす》に座りました。頭の天辺《てっぺん》から足先まで、痛い所をそろりそろりと調べるためでした。

——どんなに痛くっても、骨折《こっせつ》はしていないと思う——

九十五年間の、長い付き合いからの、これは自己診断による確信でした。

側《そば》にある鏡を覗《のぞ》くと、寝起きのせいか、顔色は悪くありませんでした。口の周《まわ》りが皺《しわ》だらけになって、老骸《ろうがい》を曝《さら》している、老《お》いの年輪《ねんりん》が炙《あぶ》り出されておりました。

こんな時の顔なんか、本当は、見たくないものです。

――鏡には情《じょう》も愛もないんだから――

鏡に愚痴《ぐち》をこぼしてしまいました。

少し落ち着きを取り戻《もど》したので、魔法瓶《びん》の熱いお茶をいただこうと、コップに移し、一口飲み干《ほ》しました。

生温《なまぬる》いお茶は、それでも胃の中に温《ぬく》もりを与えてくれました。次に、お重箱《じゅうばこ》がなぜここにあるのか、解《げ》せませんでした。

時計を見ると、午後三時過ぎです。

大好物のカニ寿司を、嬉《うれ》しく食べたことを、しばらくして思い出せました。やっと頭の働きが、作動し始めたようです。思い出そうと考えると、後頭部《こうとうぶ》にズッキン、ズッキンと痛みが走りました。満身創痍《まんしんそうい》なのに、痛みを感じると、なお不安感は増します。ここまで齢《よわい》を重ねると、特に頭は、回線経路が繋《つな》がったり、時には、離れたりと、危《あや》ういところまで来ているのでしょう。

思わず目を閉じ、

――これ以上悪くなりませんように、お助け下さい、お助け下さい――

呼吸《こきゅう》をさせて下さっている、心臓のもっと奥の、その奥へと、必死でお願いするのでした。

すると、一瞬でしたが、頭が鮮明になり、身体《からだ》も少し軽く、楽になってまいりました。

今日は、歯の治療の予約日で、娘が朝から東京の病院へ行ったことを思い出したのです。

二時までには帰宅する、と言い置いて、出かけたのでした。今ここに、こうしてあることが、すべて理解できるまでには、随分《ずいぶん》と時間がかかりました。

——一人で大丈夫《だいじょうぶ》。どこへも行かないから。ここから出ないで待っているから——

私は、出かける娘にそう約束したのです。

——戸締《とじま》りだけしっかりしておいてくれれば、外には絶対出ないからね——

出かける娘に、声をかけた言葉が、今鮮明に蘇《よみがえ》りました。

「危ないので、庭に出ないでね。お部屋の中で待っていて下さい」

何度も庭へ出ないようにと、念を押して、娘は出かけたのです。

娘が出かけるや否《いな》や、お重箱《じゅうばこ》を開けて、大好きなカニ寿司を少しだけ、テレビを見ながらいただきました。

その後に、誰も居《い》ない階下へ下りて、台所に立ち、洗い場を一《いっ》心《しん》に磨《みが》きました。ステンレスがピカピカに輝くようになり、身も心も軽く嬉《うれ》しくなって、ふと窓外に目が行ったのです。その目にピンク色の、花らしきものが見えたのです。冬枯れの庭に咲く花を確かめようと、無意識に庭へ出てしまいました。

外出から帰って、見に来た娘は、私がいつものようにお昼寝をしていると思い込んでおります。

庭で起こった一連のことは、絶対誰にも言うまいと、心の中で誓《ちか》いを立てました。

覚悟《かくご》が決まると、身心ともにシャッキリとしてきたので、階下へ行こうと立ちました。

何か黒い影を目の隅《すみ》で捉《とら》えたようで、私は足を止めてベランダを見ました。外から私の様子《ようす》を窺《うかが》っていたのか、中太りのよもぎ色のねこと、尾の長い小柄《こがら》な黒ねこが、屋外のエアコンの上に並んで、じっとこちらを見ているのです。

思わず私は、

――コラッ……、コラッ――

と叱《しか》りました。窓外のねこは、聞こえないのか、目を見開いたまま身動きもしないのです。

興味深げに私を観察していたように見受けられました。

――ちよさん、大丈夫《だいじょうぶ》だったの――

と、思っているのかいないのか、ねこの心は計《はか》りかねますが、私を見ていたことは間違いないのでした。私の声でやって来た娘の姿を見ると、二匹ともすぐに居《い》なくなりました。

私が怒鳴《どな》っても動かなかったのに、娘を見ると素早《すばや》く逃げたねこに、また馬鹿《ばか》にされたと思うと、無性《むしょう》に腹が立って来るのでした。

「良く眠ってましたね」

娘は何の疑いも持っていませんでした。

階下へ、お茶の用意がしてあるから、すぐ来るようにとのお誘いでした。

階段を下りられる状態か、判りませんでしたが、これしきの痛みに負けてなるものかと、背筋を伸ばしました。

思わず、悲鳴を上げるところでした。

心配をかけてはならないとの思いから、一連の庭での出来事《できごと》を、自分の内に仕舞《しま》い込んでしまいました。そのことは、暗い思考パターンへと、私を引き込み、身心を蝕《むしば》む原因となることをすっかり忘れてのことでした。

娘との約束を破った自分が招いたことですから、余計《よけい》言い辛《づら》かったのです。

マイナス思考に陥《おちい》っていることに気付かないほど、いつもの明るい素直な心ではありませんでした。

エッコラホイサ、エッコラホイサと、一歩でも前へ、自分で、自分の足で、ここまで生きて来た歩みを、止めるわけには行かなかったのです。

二〇〇五年睦月《むつき》。寒い日の、予期せぬお寒い出来事《できごと》でした。

短歌

はらからの言《こと》の葉うれし糧《かて》となり
今日も元気でペンを走らす

95歳よくぞ生きとししわなみの
年をばかざし皺《しわ》をつまみぬ

人間ていったい何か思ふ《(う)》れば
地球にすくう微生物かな

いかなる苦もくもく堪えてあるじなき
庭をあかるく蝶や小鳥も

せっかくの賀状返りて思うやう（よ）
我れ生きのびて 齢《よわい》九十五歳

正月や神々集《つど》う伊《い》那《な》の谷
きよめの酒のきよき輝き

宝石か光り輝くサクランボ
苦雪しのぎ春をよそほふ《（おう）》

越し春のわびしさつくる街路樹《がいろじゅ》に
今日も冷たき細き雨降る

一枚の毛布も早く難民へ
送りあげたや冬が来たので

あるじなき庭に明るくさざん花の
雪ふる今日もこがれ待ちいる

裸《はだか》木《ぎ》のゆれいるさまを見上げいる
さぞ寒かろう春遠からず

あすは雪きをつけるやう《（よ）》ずきずきと
傷が知らせる夜半目ざめて

川柳

平凡に生きるに苦労つづきかな

仏壇《ぶつだん》におさまりながらまだ文句

送り来《こ》し赤い林檎《りんご》に雪の香が
伝統《でんとう》の雪まつりなり町あげて

偉大なる愛の力ありがたや

外ねこのかしまし声に水をさす

サアーカス《（サーカス）》や明治の歌もなつかしく

片言《かたこと》のひまご来たりて春にする

〈二〉

ちよさん　転《こ》ける

夜半《やはん》のことでした。私は何かの、大きな物音で目覚めたのではないかと思います。しばらくの間、耳を澄《す》ましていましたが、空《そら》耳《みみ》だったかと思い直し、そのまま眠りにつきました。

早朝、また何かの気配《けはい》で、目覚めました。そのまま起き、そっとカーテンの隙間《すきま》からベランダを覗《のぞ》いて見ました。見慣れない、大きな白黒のねこ達が、狭い手摺《てすり》の上に並んで、じっと上を向いて睨《にら》んでいました。

ねこ達の目線の先には、物干し竿《ざお》に、ビニールで覆《おお》ったものが、ぶら下がっておりました。魚を寒干《かんぼ》ししていることを、私は全く知らなかったのです。ねこは、精一杯跳躍《せいいっぱいちょうやく》しますが、惜しいところで、ビニールにまで手が届かないのです。失敗し、ベランダの床にドスンと、大きな音をたてて落ちました。一匹が失敗すると、今度は二匹目が、細い手摺《てすり》に大きな身体《からだ》を身構《みがま》えて、じっと狙《ねら》いを定めてから飛びつくのです。獲物《えもの》には届かず、ドスンと、またしても大きな音と共に、その振動は、部屋にいる私の足元まで伝わって来ました。

――古池や蛙《かわず》とび込む水の音――

〈芭蕉の句〉ならぬ、ねこ達の狂騒《きょうそう》です。

夜半《やはん》目が覚めたのは、このせいかと思いました。

――どうしてくれようぞ……――

その瞬間、よもぎ色のねこが、ベランダに姿を現わし、威嚇《いかく》するように睨《ね》め付けました。見るからに大きくて、強そうな白黒ねこ達は、あっという間に姿を消しました。

こんな二階のベランダまで、野良ねこ達が侵入したことは、全く予想外のことです。

まだ明けやらぬ早朝から、ねこ達によって、安眠を妨害されたことは、不快な気分でした。

夜半《やはん》も、度々《たびたび》目が覚めたせいか、ほとんど食欲もなく、お昼頃まで椅子《いす》に座ってうとうとしておりました。

私は遅い昼食を、やっといただくことになりました。

「ちよさん、新橋演舞場へ行きませんか」

いつも私を東京へお連れ下さるお方の、笑顔が待っていました。

私はつい口癖《ぐせ》になってしまった、

——もったいなくて、申し訳なくて——

を、無意識に呟《つぶや》いておりました。

右耳に聞こえるように口を寄せて、

「今から申し込まないと、四月ですが、良いお席が取れなくなりますから」

私の意思に関係なく、チケットのお手配を依頼することになったようです。

寒い時期はなおさらに身体《からだ》は固く、ともすれば心まで暗くなってしまいます。情けないことですが、自分の身体《からだ》なのに自由に動かすことが儘《まま》ならぬ昨今です。

外出はおろか、観劇どころではないのです。ついつい先のお約束となると、自分では、お返事ができなくなってしまうのです。健康なお方にはお判りいただけないでしょうが、外出できるかどうか、その日になってみないと本人である私にも判りかねるのです。

本当に、こうして息をしていることが、私にとっては奇跡なのです。

冬は、部屋を暖かくしていただいて、寝たり起きたりと、気儘《まま》に過ごしておりますが、決して外へ出歩ける状態ではありません。何十年経《た》っても、手術の痕《あと》の傷の痛みは、寒い冬期は特に、一呼吸一呼吸、身体《からだ》に堪《こた》えます。

こうして、一月はあっという間に、二月は逃げるように早く、過ぎ行きました。

何をするのも身体《からだ》が重く、階段の上がり下《お》りも、足がなかなか動かず、何度も足を擦《さす》っていただく始末《しまつ》です。

観劇のチケットの手配も、このような私を励《はげ》ますためと思うと、自然に目頭《めがしら》が熱くなってしまうのです。

昨年もこの時期に、東京の宝塚の舞台を見に行ったことを思い出しました。その頃の私は、ただひたすら、三月に発表される『それ行けちよさん93歳!!』の選考結果を楽しみに、息を繋《つな》いでいた時でした。

元気を出して帝国ホテルにも足を運ぶことができたのです。待ちに待っていた、三月の初めの頃、『ウーマンズ・ビート大賞・カネボウスペシャル21』の選考結果は、書面で知らされました。応募作品一八〇一通の中から選考され、前もって来宅面接を受けておりました(『それ行けちよさん94歳!!』参照)。残念ながら、期待は叶《かな》いませんでした。

――ありがとうございました――

私は落選通知を額《ひたい》に押しいただき、夢を与えていただけたことに、お礼のご挨拶をまずいたしました。

大賞には、一〇〇〇万円の賞金が付いていたことを、今更《いまさら》実感し、

――本当に落ちて良かった――

しみじみとそう思いました。それは、新聞紙上で、カネボウという会社の倒産が取沙汰《とりざた》されていたからでした。

来宅された主催者側の調査のお方は、

「もし、仮にですが、賞金一〇〇〇万円が入ったら、ちよさんは、どうなさいますか」

――賞金は要《い》りません――

きっぱりと即答いたしました。

「どうしてですか」

――書きたくて書いただけです。賞金のことは考えていませんで

したから――

本当に賞金のことは、念頭になかったのです。

右側のお椅子《いす》に座って、お話しされていた調査のお方は、椅子《いす》から下《お》りられて、絨毯《じゅうたん》の上に座られました。そして、辛《かろ》うじて聴こえる右耳に近いところで、お話をして下さいました。

「賞金を一度手になさってから、どのように使うか、お考えになれば良いのでは……。賞金を辞退することを、初めからお決めにならなくても良いのでは？」

私の賞金についての理解度が、不充分と思われたのか、何度も説明して下さいました。

それでも私は、

――賞金は要《い》らないのです――

繰り返し申し上げました。

一時間程経過した頃、調査のお方は、家族の同席を促《うなが》されました。賞金が要《い》らないとお断りした私の真意を、娘にも質《ただ》されました。

——作文を綴《つづ》るという、生きがいを見つけてくれただけで充分です。今のこんなご時世《じせい》、たとえ賞金一〇万円を手にしても、殺されかねないですから——

笑いながら申し上げておりました。

「本当に賞金は要《い》らないのですか」

——はい、賞金は、ご辞退したいです——

「これは、ちよさんご本人のご意思ですか」

——はい。賞金のことは、全く知らないで書いたようです——

応募した当時のことを、調査のお方に詳しく説明してくれました。

無我夢中で私は、夜も昼も書きました。一日に二〇枚も書いて、翌日は一枚も書けなくなったりで、呻吟《しんぎん》しておりました。ぼけっとして過ごした日もありました。

曾孫達《ひまご》も、私の部屋に闖入《ちんにゅう》しなくなりました。それほど、傍《はた》で見ていても、この時期、夢中になって、机に向かっていたからでしょう。

何度も何度も書き直しをしながら、八〇枚程を書き上げたのです。

私は嬉《うれ》しさのあまり両手を上へ上へとあげ、

——皆《み》んな、皆《み》んなありがとう。嬉《うれ》しいです。ありがとう——

と、心から感謝しました。

新聞の切り抜きを取り出し、虫メガネで公募の宛先を、茶封筒に大書する気分は、もうなんと言ってよろしゅうございましょうか……。

今でも嬉《うれ》しさが甦《よみがえ》るのです。

うたの一句が出来上がり、応募した川柳や短歌が入選した時の喜びとは、またひと味も二《ふた》味も違うものでした。

うきうき、ワクワク、そしてドキドキでした。私は、はやる心を抑《おさ》え、

――これお願いします――

と、インテリヤクザ三人組に（『それ行けちよさん93歳!!』参照）、今回こそは、明治女の心意気見せようぞその思いを、その頃の

私は、まだ内に飼っていたのかも知れません。

手書きの原稿と茶封筒を渡し、次なるお三方《さんかた》の反応を窺《うかが》っておりました。

「これは何ですか？」

質問の一矢《いっし》が、まず飛んで来ました。

目の前の淹《い》れたてのお茶を手にして、

――見ての通りです――

にっこり笑って、私は、飲み干しました。

お褒《ほ》めの言葉は、期待していませんでしたが、どう評価してくれるのか、それが一番聞きたかったのです。

「いつが締め切りなの？」

二《に》の矢です。

書き終えると、すぐ忘れてしまうので、咄嗟《とっさ》に、私はお答えできませんでした。

新聞の公募の切り抜きに気付き、お三方《さんかた》は目を通していました。

私の手書きの原稿を見ながら、

「これで、出す気ですか？」

この三《さん》の矢に、私は、何をどう答えてよいか判らなくなりました。三人三様《さんよう》のご質問に、私は拍子《ひょうし》抜けしてしまったのです。

——事務局に送っていただければよいのです。よろしくお願いします——

これ以上の問答は無用とばかりに、私は、何の問題があろうかと、高《たか》を括《くく》っていました。

お三方《さんかた》は、原稿の枚数を確かめていました。これからワープロで清書しても、充分締《し》め切りに間に合うというのです。それだけでなく、このままでは、応募手続きに不備な点があることを、指摘されました。

「ええっ、ちよさん、これ一〇〇〇万円の懸賞金付きではないですか」

お三方《さんかた》はびっくりしておられました。

「一〇〇〇万円を射止めたお方は、これは、大変なことですよ。どこかへ寄付すれば良いでしょうが、そうすると今度は、寄付をいただき損《そこ》ねたお方達が、なぜこちらへ寄越《よこ》さなかったのかと、不平不満が伝わって来ます。あちらへ寄付すれば、こちらが立たず、いずれからも非難されます。お金を巡《めぐ》って、そこには、必ず感情が動きます。その物質的な執着《しゅうちゃく》は恐れをなすほどの凄《すさ》まじいものです。煩《わずら》わしい喧噪《けんそう》の中へ巻き込まれないようにするには、原因を初めからつくらないことが良いこともあるのです。」

高額賞金について、このような見方があることを、具体例を挙《あ》げて、お三方《さんかた》は、それぞれの立場で参考意見を私に聞かせてくれました。

私は、この時、自分なりに気付いたことがありました。

それ故《ゆえ》、懸賞金は要《い》らないと、面接の時に、はっきりと自分で申し上げることができたのです。これから少しずつでも、作文の楽しみをいただけたことだけでも、私は果報者《かほうもの》と思い、感謝だけでした。

こうして、一年前のことを思い起こすことができました。九十五歳、まだ私の頭は大丈夫《だいじょうぶ》のようです。

今、この面接を思い起こしますと、お話しした内容が、交《か》わした言葉と共に、鮮明に蘇《よみがえ》って来ます。

――幸と不幸とは糾《あざな》える縄《なわ》――

と、昔から申します。

一〇〇〇万円の物質的な一時《いっとき》の満足感は、すぐ醒《さ》める幻《まぼろし》に過ぎません。次に起こってくる煩《わずら》わしい感情の嵐へと誘《いざな》う要因になって行くことが、見えてまいります。齢《よわい》を重ねるごとに、物質的な執着《しゅうちゃく》は薄れ、何に対しても捉《とら》われることもなく、心が自由に、いつでも、何処《どこ》へでも羽ばたけることが、幸せに生きる秘訣《ひけつ》なのかも知れません。一〇〇〇万円を手にしたら、それは新たな悩みの種になることは確かでした。

この大賞のスポンサーである、カネボウという会社は、まもなく多額の粉飾決算が明るみになって倒産してしまいました。今回限りで、次回からの公募はなくなりました。

お天気も良いので、久々に庭の玉石《たまいし》を踏みしめ、梅の花を見ることにいたしました。

お友達が先を行き、私の背後に娘が付き添っていました。そろりそろりと、時間をかけて歩きます。支える娘の手の温《ぬ》くもりを、心地よく、背に感じておりました。

その時です、先を行くお友達の

――キャアッ――

という悲鳴。それは一瞬でした。二階の廂《ひさし》からねこが二匹、お友達の頭を掠《かす》め飛び降りたのです。

あの一月の寒い日、天から降《ふ》って来たと思ったねこの行動を、今私は、目の前で見せていただいたのです。後ろへ転倒《てんとう》しそうな私を、しっかりと支えながら、娘は、

――トラ、クロ――

ねこの名前を呼びました。

二匹は、五メートルくらいの高い所から、一気《いっき》に飛び降りたのです。ただ事ではないと見ておりましたら、二階の屋根から覗《のぞ》く、白黒ねこ達の姿が見えました。

お友達は、咄嗟《とっさ》に李《すもも》の幹に手を支えて、立ち竦《すく》みました。決してお若い年齢ではないはずです。

お友達は、

「本当に、脳震盪《のうしんとう》を起こしそうです」

と、驚きを隠しませんでした。

見頃《みごろ》の梅の花も、色付いて来たというレモンも、愛《め》でるゆとりは消し飛んでしまいました。ねこ達に心を乱されて、私は、キレ、ました。思わず力が漲《みなぎ》り、玉石を咄嗟《とっさ》にしゃがんで拾い、右手にしっかりと握り締めました。

——さあっ来い。今度こそ、もう許さないから——

ねこに怒りをぶつけた私は、ふらふらになってしまいました。私にとっては、本当に危ない、つかの間の散策でした。

「ねこがいるので、一人では庭に出ないように」

私は、何度もここに来てから、家人に注意されておりました。

——餌《えさ》なんか与えるから、我が物顔で庭を闊歩《かっぽ》するのですよ——

ねこに対する腹立たしさは、敵意となって武者震《むしゃぶる》いがするのです。

そういう私の心を知ってか、

〈お隣が引越して行った夜から、餌《えさ》を求めて庭先にやって来たねこ達の中に、トラがいて、ミルクを与えていたら、今のような状態になったというのです〉

ねこを敵対視する私に、ねことのご縁を娘が話してくれても耳に入りませんでした。

そんな経緯《いきさつ》を聞いたからとて、私の心は、波静かにはなりませんでした。

小鳥や小動物、そして、昆虫や草木を慈《いつく》しむ娘が、亡き夫に考え方が似ていることが、何故《なぜ》か今日は腹立たしく思えるのです。

――お父さん譲りのあなただから――

の言葉を、辛《かろ》うじて私は飲み込みました。

お友達も、余程《よほど》びっくりなさったのか、

「こんな事初めてです。二間《にけん》以上あるでしょう。あんな高い所から、直《じか》に地面へ飛び降りるなんて考えられません」

いつもの、にこやかな笑顔は消えて、青褪《あおざ》めておられました。

――お友達に怪我《けが》がなくて良かった――

ほっとしたその瞬間、家の周りを一周して来たのか、私の脇《わき》を後《うし》ろから二匹は通り抜けました。二匹とも、李《すもも》の木に登り、廂《ひさし》へと移り、そこから二階のベランダへと駆け上がって行きました。

握り締めていた、右手の玉石をぶつける隙《すき》も与えず、あっという間のことでした。

呆然《ぼうぜん》として、一陣の風と共に消えたねこの素早《すばや》さに、私は圧倒され、張り倒されそうでした。今更《いまさら》ながら、一人でこのような外ねことの危険な接点の場に、自《みずか》らが遭遇《そうぐう》した日のことを思い出すだけでも、鳥肌が立って来るのです。

生きるということが、生きとし生ける万物《ばんぶつ》にとって、人間であれ、ねこであれ、目の前の一瞬の今を、必死で、己《おの》れの存亡をかけて生きていることを垣間《かいま》見た思いです。

若い外ねこ二匹は、強者《つわもの》の野良ねこ達と、峻烈《しゅんれつ》な戦いの中に身を曝《さら》して生きている様子《ようす》でした。それは、私の考えも及ばないねこ達の世界でした。今のこの何の憂《うれ》いもない日々を思うと、幸せを感謝するだけでした。

どんなことが起こっても、

あるがままを受け止め、

転《こ》けたら起き上がり、
新しい目標を掲《かか》げ、
前へ進まねばと思い直しました。
来宅しているお友達に怪《け》我《が》もなく、皆《み》んな無事《ぶじ》で何よりと胸を
撫《な》で下ろす思いでした。
この地上での限られた私の持ち時間を考えると、足踏みなんか
しておれないからです。
残された人生、
悔《く》いのないように、
精一杯この今という瞬間を、
生ききって行きたいと願うのです。
日々、ただその思いのみでした。

老いたとはいえ、この内なる気力が思索《しさく》する糧《かて》となるのです。
二〇〇五年、弥生《やよい》のことでした。

短歌

ありがたや惰性《だせい》の世にも嵐にも
神はいぜんとおわしますかな

鉢巻《はちまき》をきりりとしめて豆君《まめぎみ》の
こよいの姿武神《ぶしん》と光る

うれしさにしわが四五本目にたちて
鏡《かがみ》は愛《あい》も上手もなかり

いずことも果てなき道をひたす、む
かがやく光しるべ尊《とおと》し

わからない善か悪かは神のこと
最後の席の定まるところ

熱汗《ねつかん》やほほ骨とがりまなギロリ
からだうねくねお迎え来たか

若きらのなりあいじゃまならぬやう《(よ)》
日ごと夜ごとのなやみつかれか

音信のなくなりし友幾人ぞ
たまになつかし夢の中にて

カラスにも何か変わりし事あるか
朝早くから鳴きさわぐなり

かたい菓子歯も老いたりと噛《か》みながら
加齢の日々を思い返せし

ありがたき神のみ声の夢かとも
意気よみ返り筆を走らす

今晩はかつぎ込まれた赤鬼の
被《ひ》服《ふく》中より豆がころころ

川柳

本当の事を言うのにいる勇気

遺言や出しにもなれば薬にも

ありがたや偉大なる愛あくをけす
食べないと猫にやったらたべなんだ

裏金《うらがね》やどこの墓所も花ざかり

養命酒空びん見ても元気わき

節分や牛の毛ほどに日々のびる

順あるか一雨ごとにあたたかさ

〈三〉

横野川での魚獲《と》り

私はめざしが大好きです。青光りするうるめいわしの、湿《しめ》り気《け》の少し残っているソフトな歯ざわりのものを好みます。卸《おろ》し大根と共に、炊きたての御飯でいただくのが、何よりの御馳走《ごちそう》です。

ここに来てから、多くのめざしを食してまいりました。同じ材料を使い、天日《てんぴ》に干すだけのことですが、お味の方は、作られた産地によってまちまちです。

最近は、お味が安定し、時には真《ま》いわしのみりん干しに、黒胡《ご》麻《ま》のついたものが共に食膳に出ます。少食な私ですが、このような御馳走《ごちそう》のある日は、嬉《うれ》しくなって、おかわりは出来ませんが、御飯をスプーン一杯分くらい増していただきます。

焼きたてのみりん干しは、小骨が多いので、骨のないような良い身のところを選んで、小皿に移し入れてくれます。

一時《いっとき》幼子になって、啄《つい》ばむのでした。

――ちよさん、絶対に一生使えるからね――

名医と謳《うた》われていた、郷里の歯科医のお言葉通りに、総入れ歯になって、すでに半世紀が経ちます。

今でもこうして、何でも美味《おい》しく、食べることができる恩恵を噛締《かみし》めています。

――美味《おい》しいね、どうやって作ったの？――

一味《ひとあじ》違う干物《ひもの》の味を楽しみながら、皆さんに尋《たず》ねます。

「それは秘密です」

お答えは戻《もど》りませんでした。

昔のことですが、鮮度の良いいわしやあじが手に入ると、塩水に一夜漬《づ》けしてから、天日《てんぴ》で乾《かわ》かして白干しにいたしました。また、味醂《みりん》、砂糖、醤油《しょうゆ》、酒を加えて一日漬《つ》け込んでから、みりん干しを作ったこともありました。

この程度の干物《ひもの》は、私も知っております。この家でのように、気に入った好みのお味を、賞味《しょうみ》するためとはいえ、こんなことにまで手作りとは、思ってもいませんでした。ここでいただくお味は、本当に美味《おい》しく格別です。

このような干物《ひもの》を、私の部屋の窓辺近くに夜干ししたり、日中も秋から冬にかけては、頻繁《ひんぱん》に干していたことを、私は全く存じませんでした。

それは、塩分の頃合いを、高血圧の私の嗜好《しこう》に合うようにと、自家製にしていることを、この家に来られる娘のお友達から耳にしました。

外ねこが二匹、エアコンの上にいたのは、野良ねこを見張るためで、餌《えさ》を与えているお礼なのか、〈番ねこ〉のお役目を果たしているとのことでした。

私が全く知らない、気付かないところで、多くの目に見えない、生きとし生けるものが互いに協力し合っていることを見せられました。人間は生かされていることを、一人ではないことを、考えさせられた干物《ひもの》でした。

こうして、ひとつひとつが、日常生活での新たな気付きとして、自らの向上心を高め、感性を研《と》ぎ澄《す》ませてくれる恰好《かっこう》の、良い刺激剤となるのでした。

――生きるってことは、学びなんだ――

このことに気付いた今、無知ゆえの愚《おろ》かしい感情の荒波であっぷあっぷしながらも、喜びの方へと這《は》い上がっていけるのです。達磨《だるま》さんのように、〈七転《ななころ》び八起《やおき》〉して来た今日に到る私の人生です。どんなに辛《つら》くても、前を向いて歩くことで、後ろを振り返ることは絶対できませんでした。

逆風が吹いて苦しい時こそ、暗い心にならないように、川柳や短歌への創作に、心を向けて来たのかも知れません。今では、穏《おだ》やかな何の心配もない、温《あたた》かい環境の中での、楽しい思索《しさく》も加わりました。

少しずつですが、毎日元気を出して、作文に時間を割《さ》いておりました。

こうした遅々《ちち》たる歩みの中で、二作目になる『それ行けちよさん94歳!!』を綴《つづ》っていたのです。

机に座り窓外を見ると、雲一つない紺碧《こんぺき》の空です。頭が重いのですが、ペンを握ってみます。

原稿用紙の枡目《ますめ》に、一字一枡《ます》へと埋めて行くのに、かなり枡目からはみ出してしまいました。

娘のお友達は、

――ちよさんは達筆《たっぴつ》でいらっしゃるから、字が自然に右の方へ途中流れても、最後で元に戻《もど》ればいいのです――

と、このような勿体《もったい》ないお言葉で慰《なぐさ》めて下さるのでした。

作文を書き進めると、私のは左へ左へと、枡目《ますめ》からはみ出します。これは筆法ではなくて、右脳のどこかがおかしくなっている所があるに違いないと思っています。

そんなことを思っていると、だんだんに右半分のお頭《つむ》が痛くなり、指先のボールペンが思うように動かなくなりました。そして、肩から右腕にかけて、突《つ》っ張るような痛みと重圧です。

――どうして書けないのだろう――

いつの間にか、私は書けない原因を探しているのです。

そうすると、頭まで重く、両目が開けておれなくなり、眠くなってしまうのです。

またしても、マイナス思考となる要因を、自らが作っていることに、自分では気付いていませんでした。人間の思考パターンは、本当にちょっとやそっとでは変わらないものです。既成概念《きせいがいねん》によって、今この一瞬を自由に羽ばたくことに、自《みずか》らが足枷《あしかせ》をしてしまうからです。

それは、自ら体験したことすべての過去が、捉《とら》われとなって前進を阻《はば》むからです。

身心ともに、大きな壁にぶち当たっていた私を引き上げてくれたのは、幼子達でした。

めずらしく、賑《にぎ》やかな声がしていました。それほど、私は自分ごとに没頭していて、この一年余り、家のことに無頓着《むとんちゃく》になっていたともいえます。それはまた、私への心配りが行き届いていて、好き勝手に、気儘《まま》にさせていてくれることにもなります。

「ちよさん、ちよさん、ちよおばあちゃま、早くおいでよ、早あ～くう」

補聴器が壊《こわ》れたかのように、騒音が入ってきました。小学校に、上の曾孫《ひまご》達が入学してから、とんとご無沙汰《ぶさた》になっていた曾孫《ひまご》達の元気そうな声です。

本当に驚くほど、少し見ない間に成長していることが判ります。

口々に、

「ちよさん、ちよさん、本になるんだってー」

「おばあちゃまあーっー。ご本になるって言ってるよおう」

「おばあちゃまの本だって」

銘々《めいめい》が一生懸命に、私の所へ駆け込んで来ては、報告するのでした。

全く予期していなかった、本の出版が決まったことを知らされました。二〇〇五年八月、私の九十五歳の誕生日の、皆さんからのビッグなプレゼントでした。

お祝いのケーキを、賑《にぎ》やかにいただきながら、私は、感動と感謝に咽《むせ》んでいました。

「何で泣いてるの、どうしたの？」

曾孫《ひまご》達が、嬉《うれ》し涙に掻《か》き暮れる私を覗《のぞ》き込みながら、私の頭を撫《な》でてくれるのでした。

『それ行けちよさん93歳!!』の〈ウーマンズ・ビート大賞カネボウスペシャル21〉で没《ぼつ》になった原稿は、たま出版によって本になることが決まりました。

言葉にならないほどの、私にとっては、九十五歳の生涯の大仕事でした。

ただただ、ここまで御《お》膳《ぜん》立てして下さった家人に、そして関係者に感謝のみでした。

私は、うれしくって、早く、一刻も早く自室に戻《もど》りたく、喜びの中に浸《ひた》っておりました。

――人間って、不思議な生き物ですね――

誰ともなく、私は呟《つぶや》き、話しかけるのでした。

――だってね、ほら見て、こんなに今、私は若く、軽やかに、身も心も笑ってるの――

鏡を覗《のぞ》くと、若やいだちよさんの笑顔がありました。

――皆《み》んな、皆《み》んな聞いていましたか、ちよは出版することが決まり、ご本を出すのです――

細胞ひとつひとつが頷《うなず》くたびに、私はすべての過去の捉《とら》われから抜け出し、自由自在に飛び立つのでした。あそこへも、そうだ、こちらのお方にも、出版が決まった、この喜びを感謝を、お礼をと……。

そっとしておこうの配慮からか、曾孫《ひまご》達や家人の賑《にぎ》わいのかしましい声はしなくなって、いつもの静寂《せいじゃく》の中に私は浸《ひた》っておりました。

いつの間にか私は、こっくり、こっくりと睡魔《すいま》の中に引き込まれていたようです。

お城山《しろやま》の鐘が鳴っています。

――時計を合わせよ――

張りのある、美しい透明な父の声が聞こえました。

鶴山《かくざん》（現岡山県津山市にある城跡）の天守閣《かくあた》辺りに、一時間ごとに時を告《つ》げる大きな鐘がありました。

十二時の正午の鐘を合図に、家に来て仕事をしていた方達は、お弁当を開いて、座敷の上がり框《かまち》に座り、熱いお茶を召し上がります。昼食は、竹の皮に包んだ梅干し入りの大きなおにぎり二個と、味噌《みそ》漬けの大根、胡瓜《きゅうり》、人参《にんじん》、牛蒡《ごぼう》等、数切れです。

時には、母が作った里芋や大根等、季節の根菜《こんさい》類を煮ていただいておりました。油揚げが入れば大御馳走《ごちそう》でした。今のような贅《ぜい》沢《たく》に慣れているお方には、理解できないことでしょう。実に質素《しっそ》で素朴《そぼく》な、大自然の恵みと調和した生活でした。海の幸は、父が津山の町に出た時に買って来る、カチカチの干した棒たらかめざしでした。平常は、横野川で獲《と》れる川魚が御馳走《ごちそう》でした。

高台にある家を出て、前にある坂道を下ると、津山から奥への主要道路の県道です。その一本道に沿うように、離れたり、近付いたりしながら、横野川が流れています。暑い時は、冷たいこの川水を、手ですくって飲んでいました。真夏は水かさも減って、水位が下がりますが、清涼感《せいりょうかん》は変わりませんでした。川底の小石や、大きな岩のすべてが、澄《す》みきった水面《みなも》から見えます。

川遊びする子供達は、銘々《めいめい》が親に作ってもらった網《あみ》を持ち、魚すくいに興《きょう》じておりました。私は、三歳年下の弟と共に、男の子のする魚獲《と》りに夢中でした。

すばしっこくて、透明な水中を、すいっーと移動する魚を、弟は見逃しませんでした。

——ちぃ、ここだよ——

小さな声で、抜《ぬ》き足《あし》、差《さ》し足《あし》で、小ぶりの石の下に隠れた魚を追い出すために、石を玄翁《げんのう》(木の先に鉄のついたもの)で叩きます。

石の上を力《ちから》一杯叩《たた》くと、魚は、目を回して、腹を返して石の外へと浮かびます。水に浮いた魚が、脳震盪《のうしんとう》から醒《さ》めないうちに、手《て》網《あみ》ですくい上げ、籠《かご》に入れるのです。

手《て》網《あみ》は、父が子供ひとりひとりに、夜、竹べらのようなものに糸を通して、ランプの下で紡《つむ》いだものでした。

「ちぃは、女の子だから要《い》らないな」

——私も欲しい——

父にねだる私に、側《そば》から母が、

「ちよには、蝶《ちょう》やセミを採《と》る時のを、お父さん作ってやって下さい」

たおやかな母のやさしい声が、周りを温《あたた》かく包み込みます。

弟と一緒に、魚を追いかけている私を、父も母も全く知りませんでした。

農作業や山での仕事の合い間を見て、雨の日は縄《なわ》を編《あ》んだり、草鞋《わらじ》を作ったり、筵《むしろ》を作ったりと、土間《どま》に座ってしておりました。魚を入れる籠《かご》は、小作《こさく》の方が農作業や山で使う籠《かご》を作る時に、作っておいてくれます。

魚獲《と》りで、もっとも醍醐味《だいごみ》があったのは、〈夜づけ〉でした。強い紐《ひも》を三尺くらい（約一メートル）の長さに切った先に針を付け、どじょうの生餌《いきえ》を付けて仕掛けます。なまずとうなぎを獲《と》るためです。

川壁《へき》の石垣の真下に、年中《ねんじゅう》水流の静かな場所があり、その深い奥へと、細い棒で深さを測って、竹棒の先にしっかりと紐《ひも》を結び、夕方に何本も仕掛けるのです。

魚が喰いついて少々暴れても、紐《ひも》が他へ行かないように、弟と工夫《くふう》をして仕掛けました。

夜が明けるのが待ち遠しくて、早朝、胸躍《おど》らせて、川縁《べり》に駆けつけます。

弟と家を飛び出す折に、用心のためにと、手網《てあみ》と薄鎌《うすかま》（一メートル程の長い柄《え》がついた、良く切れる刃の薄い鎌《かま》）を用意して、いつもよりも深い籠《かご》を持って急ぎました。

何本も仕掛けた紐《ひも》が動いていたら、魚が掛かっているのです。

――どっちだろう――

引き上げて見るまで、なまずか、うなぎか判りません。心躍《おど》る思いで、静かあに、そっと、糸を手繰《たぐ》りながら引き上げます。

大物《おおもの》のなまずの時は、引っ張ると川奥へと引っ張り返す力が強く、動きに任せながら、そっと、二人がかりで、すくう網《あみ》を用意して、焦《あせ》らず、ゆっくりと頭が覗《のぞ》くまで待ちます。

大なまずの挨拶抜きの
――うらめしやあ――

の目でした。

――ごめんなさいね、ごめんなさいね――

心で手を合わせながら、深い籠《かご》の中に落とします。二十本仕掛けた成果は、なまずの他には、うなぎ二尾でした。

私達が川遊びで獲《と》ったうなぎは、黒色で細いですが、焼くと油が多く、それでいて、さっぱりとしたお味でした。大人達が、大量にうなぎを釣った時に、砂糖と醤油《しょうゆ》で煮つけて食した当時のお味は、もはや再現できないでしょう。郷里を後にして以来、二度とその美味を味わうことはありませんでした。

水温《ぬる》む頃は、カジカの追い込みです。カジカは、どんこつに似た、流れのある清流に生息している魚です。当時の横野川は、生活用水としても重用される清流《せいりゅう》でした。

少し高い川岸より、川中を見定めます。流れが少し急で、魚の隠れやすい岩や石が多くあり、二、三尾の魚が、上流へと登っている場所を見つけてから決めるのです。

川の真中に笊器《そうき》（竹で編んだ浅い籠《かご》。職人の手製で、幅は大人が両手を広げたくらいあります）を仕掛けるのです。笊器《そうき》の持ち手に、川柳《かわやなぎ》を折って、日陰《かげ》を作り、カジカのお休み場所を拵《こしら》えるのは、子供にとって大変工夫《くふう》のいる作業でした。川幅の狭い所を選んで仕掛けないと、カジカは、脇《わき》から逃げてしまいます。仕掛けては幾度も失敗を重ね、そのたびに工夫《くふう》を凝《こ》らして、上手《じょうず》になっていきました。

この時は、弟だけでなく、二人の兄も共に、仕掛けた笊器《そうき》にカジカが入るように手伝ってくれました。両脇《わき》をしっかりと塞《ふさ》いでからゆっくりと流れに逆らって、上流へと登るのを、川岸で息を殺して見つめていました。太陽の光で、笊器《そうき》の中へと、砂の上をそろりそろりと歩み寄って行く、カジカの姿が透《す》けて見えるのです。

何とも言えない、楽しい、嬉《うれ》しい気持ちになって、思わずにっこりと、誰の顔もほころびます。

カジカの最後の一尾までが、すっと入ったら、三人がかりで、一斉《いっせい》に重い笊器《そうき》を持ち上げます。笊器《そうき》の中に入った石や枝木を捨てると、カジカの小さい魚体が跳《は》ねておりました。

こうした、子供の頃の、日常生活の中での川遊びの収穫は、夕餉《ゆうげ》の食材《しょくざい》としても重用《ちょうよう》されていました。

魚にとっては、とんだご迷惑なことでしたでしょう。

皆《み》んな、四季折々を、子供も大人も、自然の恵《めぐみ》の中で楽しく過ごし、日々の生活そのものを満喫《まんきつ》していたのです。

当時を振り返りますと、薄鎌《うすかま》は、川岸の石垣の中に隠れているハミという毒蛇《どくじゃ》を退治するために、用心に持って行ったのです。ひと振りで真っ二つに蛇を切るほどの切れ味の薄鎌《うすかま》を、まだ幼かった私達子供が、目的の為《ため》とはいえ、持ち歩けた、のどかな大正時代でした。蛇にも遭遇《そうぐう》せず、私達は薄鎌《うすかま》を使ったことは一度もありませんでした。

めったに怪我《けが》や病気をすることもなく、大《たい》した事故もなく、あるがままの大自然の山の幸《さち》、川の幸《さち》の中で、農作物の豊穣《ほうじょう》を祈り、太陽と共に一日が過ぎて行きました。

時折、病《やまい》のお方が出ると、元軍医であった先生が、早馬《はやうま》に乗って、颯爽《さっそう》と駆けて行きます。その後を必死で、看護婦(師)さんと迎えに行ったお方が走って付いて行かれます。その光景は、今では、何かおとぎ話の中のひとコマのようで、曽孫《ひまご》達に話して聞かせても、全く想像もつかないようです。

往診を終えた帰りには、パカ、パカと蹄《ひづめ》の音を響かせて、のんびりと、道路脇《わき》の畑や田んぼの中で挨拶する村人に、馬上から発する先生の威厳《いげん》に満ちたお声が、時折しじまにこだまするのでした。

看護婦さんをご一緒に馬に乗せてあげればと、幼な心を痛めたものです。

私にとりましては、すべて本当に体験して来たことなのですが、一昔《ひと》も二昔《ふた》も遠い遠い古《いにしえ》となって、語るべき相手もいなくなってしまいました。

唯一の相手は、入院中の三歳下の弟ですが、もはや、逢える日はないように思います。

二〇〇五年葉月《はづき》、生まれて初めての嬉《うれ》しい夏となりました。

短歌

時うつりたんぼの中にぽっつんと
老いたる校舎我れときそふか

あゝ夢か水の流れのいやまして
ふち瀬と成りて流れ行くかな

山に伏し野に横になり昼寝する
そはたれならん霧のいたずら

高き峯《みね》落葉の下をくぐり行き
ふち瀬と成りて長き旅路

入道山湧《わ》きて流るる横野川
滝となりたる姿恋しき

八一五いづこも知れず何となく
古里の香の通りすぎたり

好物のめざしにそえてすり大根
無言《むごん》の愛の夫婦美し

雪雨と落ちれば同じ谷川の
海と成るべき長の旅路へ

梅干やしわはよっても若い気で
運動会にも顔を出すなり

古里の山は偉大よ幾年《いくとせ》も
変わらぬ笑顔頭が下がる

川柳

だんだんと重くなり来る子への愛

半ズボン子供の足のスマートなり

狐《きつね》の火話をすればほんとかな
おいしいなめざしすきだよ父母の味

叱《しか》る気を抑《おさ》え押《お》さえて反《はん》抗《こう》期《き》
伝統の夏のお祭り町あげて

鉢植《はちうえ》のスイカ赤ちゃん元気なり

庭先に水が湧《わ》き出て泉水《せんすい》に

庭園に美をそえたり湧水は
あけびの実だれを待つやらあけてまつ

〈四〉

外ねゝこゝ達の挽歌《ばんか》

凍《い》てつくような夜でした。氷雨《ひさめ》が降っている中を、痩《や》せ衰《おとろ》えたねこのトラが、娘の呼び声に振り返ることもなく消えて行きました。

悲痛な娘の、

「トラ、トラ、トラ」

の声が耳奥に居座《いすわ》ってしまいました。

トラの淋しそうな後ろ姿でした。それでいて、

――この家の主《あるじ》に、これ以上のご迷惑を、おかけするわけにはいかない――

との、その強い決意を、後ろ姿に凝縮《ぎょうしゅく》させ、ヤミに向かって消えて行きました。渾身《こんしん》の力を振り絞《しぼ》って、娘はそのトラを引き返らせようと叫んでいました。

この家に来て以来、このような感情を一度も見せたことのない娘でした。

私はその光景を見て泣きました。慟哭《どうこく》するほどの叫び声を、共に内に向けて上げておりました。

――トラ、トラ、トラア……ッ――

ねことはいえ、その後ろ姿の悲壮感《ひそうかん》が目に焼きつき、自分のこれからの姿を見せつけられているようでした。

庭で転《こ》けて以来、私の体調は身心ともに最悪でした。身体《からだ》の痛みは徐々に薄れてはきましたが、あちこちが軋《きし》むたびにその名残《なごり》は節々《ふしぶし》にありました。

夢の中で、今見たトラの姿は、庭を駆け抜け、ベランダで丸いふくよかな愛くるしい顔で、じっと私を見ている姿とは全く違っていました。それ故《ゆえ》に、なおさらこの姿が、意味のあることと思えるのでした。私の体調が最悪な時に、見せられた寝覚《ねざ》めの悪い夢でした。家人には、どうしてもこの夢のことを、話すことはできませんでした。庭で転《こ》けた出来事《できごと》を内緒《ないしょ》にし、胸の内に一人でしまったことは、望まないことまで内緒《ないしょ》にしなければならないように、次々なって来てしまいました。一つ嘘《うそ》をつくと、次々と嘘《うそ》で固めていくという連鎖反応に似ています。またしても、この夢の内容を娘に話さず、自らマイナスな考えの方へと誘《いざな》われてしまったのです。

二〇〇二年の夏、この家に来た頃、外ねこは三匹おりました。この家には、茶と黒と白の、高齢《こうれい》におなりの美女ねこのミケちゃんがいます。毎日外ねこ達に餌《えさ》を与え、雨の日は、傘を置いて、その中で食べられるようにしていました。近くの動物医院へ、時折、ねこを捕まえて連れて行っていることも知ってはおりました。

黒ねこは、しっぽの長い大柄《おおがら》な親らしいマザーと呼ばれている野良と、小柄《こがら》で気の弱い、華奢《きゃしゃ》な尾の長いチビ黒です。この二匹は警戒心が強く、人間の姿を見るとすぐ逃げます。体格が中くらいのふくよかな、トラと呼ばれているよもぎ色のねこは、堂々としていて人間を恐れませんでした。

来た当時から、私は、ねこに対して好意的な感情を持ち合わせていなかったのです。時折、私が叱《しか》っても逃げないトラは、ふてぶてしく、図々《ずうずう》しい印象でしかありませんでした。

庭で私が、おやつをいただいていると、側《そば》近くまで、娘がいると近寄って来ることもありました。そんなトラを見かけると、娘は腕に抱き上げて、背中を撫《な》でて慈《いつく》しんでおりました。

——こんな野良ねこまで、なんで面倒見なければならないの——

心の隅《すみ》に、いつの間にか、ねこに対して敵意が巣食い、それはあろうことか、お世話になっている娘への不平不満となって、燻《くすぶ》り始めたのです。

私だけの時には、油断するとケーキを掠《かす》めたり、お菓子を地面に落とされたこともありました。種をまくとすぐに、土を掘って種を掻《か》き出したりしているのです。

呼称は外ねこであっても、私にとっては、野良ねこでした。ねこを見ていると、悪《あ》しざまにあれもこれもと、非難したくなります。

こういうねこに対する感情は、相手のねこにも判ると見えて、私の存在を疎《うと》ましく思っているようでした。

姿を見ると、必ず追い払いたくなるのです。

——コラッ……——

本能的に、私の中では、ねこは泥棒ねこなのです。それは、何度も何度も、店の商品の乾物を盗られた、苦《にが》い過去を思い起こすからでした。

トラとチビ黒の二匹が、病気の時は、医院から帰ってくると、家の中に金網《かなあみ》の大きなケージをセットし、元気になるまで保護しているようでした。そんな時、私の耳にも、遣《や》りきれない、断続的なねこの鳴き声が聞こえてくるのです。その声は、私の心に敵対心を増幅させ、苛立《いらだ》たせるのでした。野良ねこによって、なんで私達、人間の生活環境を乱されなければならないのか、との思いが募《つの》ります。あれもこれもが、不平、不満となり、批判反発が、次々と、湧《わ》いてくるのでした。

――なんで、このようにしてまで、野良ねこ達を見なければならないの――

大声で娘に、怒鳴《どな》りたくなるのを、辛《かろ》うじて我慢し、耐えるのがやっとでした。寒さを凌《しの》ぐための外ねこ達のねぐらは、段ボールを重ね、厚手の毛布を敷いて、二ヵ所に置いてありました。

トラは、私がここに来る一年前の春に生まれた雌《めす》ねこです。トラよりも一年早く生まれているチビ黒と、いつも行動を共にしていました。餌《えさ》を与えていた、お隣の住人が引越しされたのを機に、子ねこであったトラは、十二匹も押しかけて来たねこの中で、ほとんど野性化されていなかったようです。いつも日中は、お隣の庭で、伸び伸びと寝そべって遊んでいます。餌《えさ》を、この家でいただいているためか、おっとりとした、穏《おだ》やかな賢いねこであると、家人は言っておりました。

それ故《ゆえ》、餌《えさ》を自ら捕ることを知らず、お腹《なか》がすくと、鳴きながら裏庭にやって来るのです。一日に何度も餌《えさ》を与えて、今日までねぐらは外でも、この家をなわばりとして、元気に共存していました。

愛くるしい顔立ちは、賢さを漂《ただよ》わせ、尻尾《しっぽ》は丸くて短く、均整のとれたねこでした。庭の手入れをする、人間の行動を、側《そば》に来てじっと見ている姿は、いじらしくもあります。本来なら、その存在を愛《め》でてあげるに充分なねこでした。

――なんで娘にだけなついて、私にはそっぽを向いて――

と、またしても欠点を論《あげつら》っては腹立たしく、誰もいない時は石をぶっつけて、

——コラッ——

と言って追い払っていました。

庭で転《こ》けたことを、家人に内緒《ないしょ》にした日から、私の身心は決して、良好ではありませんでした。老いの日常としては、娘もそのことに気付かないほど、私は何もできなくなっていました。しかし、昼間は、ほとんどベッドの中で、うつらうつらと、気ままに過ごしておれたのです。

このような時に、トラの変わり果てた姿を、まるで私の成れの果てのような姿を、夢とはいえ、鮮明に見せつけられました。夢から覚《さ》めても、私の心は、痛く、重苦しさは拭《ぬぐ》い去ることはでき

ないのです。

氷雨《ひさめ》の降る世界から目覚《めざ》めてみると、外は、残暑の日射しが眩《まぶ》しく映《は》えて、作動するクーラーの振動音が、かすかですが、聴こえるのでした。そして、窓外には、元気な姿でトラとチビ黒がいました。トラは、思慮《しりょ》深げな目を、私に投げかけていました。

――ちよさん、起きたの――

と、いつものように、私の一挙手一投足《いっきょしゅいっとうそく》を見に来ておりました。トラの背中の艶《つや》やかな毛並みが、傍《かたわ》らのチビ黒と共に輝いて、今日も揃《そろ》って元気そうでした。

目の前の元気なトラを見ていると、夢の中のトラの姿は、幻影だったとも思えるのでした。

それならば、何故《なぜ》トラの夢を私は見たのかと、思い惑《まど》うばかりです。もう私自身が、生きるということへの限界に来ているのではないかとさえ、思ったりもするのでした。

「お医者さんへ行きましょう」

何度娘に言われても、私は行く気になれず、お断りしておりました。

——良くなったら行くから——

いつもの私の口癖《くちぐせ》が、何度も娘の神経を痛めつけていることも知らず、自分では気付かず、矛盾《むじゅん》した言葉を吐《は》いておりました。冬の寒さに弱い私は、夏の暑さにも弱い私でした。

ぽつらぽつらと、集中力を養って、気力の続かなくなった、ぼんやりした頭の中で、現代版、姥母捨《うばす》て山考《こう》をテーマとした、〈牛の鼻剳《ぐ》り〉というタイトルの、作文に取り掛かっておりました。

なかなか原稿も、心に曇りがあるゆえか、書き進むことができませんでした。心の曇りは、何の捉《とら》われもない、清々《すがすが》しいこの家の透明な環境に相応《ふさわ》しくない、内緒事《ないしょごと》を重ねたことへの後ろめたさでした。何かが今までと違うのです。

傍《はた》の者から見れば、『ウーマンズ・ビート大賞・カネボウ　スペシャル21』に、私が入選を逸《いっ》したがための落胆と見るでしょう。応募した作品の落選云々《うんぬん》ではなく、ずっと、ずっと、ねことの関係が遠因となって派生してきたことでした。

一つの体験は、明日の活力源として、向上へと発展して行かねばならないのです。それが、ねこへの敵対心を、以前にも増して募《つの》らせる方向へと、私は歩んでしまったのです。知らず知らずのうちに、私は、その分だけ心楽しく、喜びに満ちていた幸せな心を失っておりました。

『それ行けちよさん93歳!!』と、二作目の『それ行けちよさん94歳!!』の出版に向けて、二冊の本の校正が同時進行しておりました。

瞬間瞬間の私の考えが、幸せとは反対の破壊的マイナス思考へと、引き寄せられてしまうのです。一人になると、トラの淋しげな、儚《はかな》い後ろ姿が私の心を占めるのでした。

重い身体《からだ》を起こして見ると、夜半《やはん》に吹き荒れた名残《なご》りの落ち葉が、ベランダを埋めていました。トラとチビ黒は、暫《しば》しの間は、私をじっと窓越しに見ておりましたが、落ち葉の上でじゃれ始めました。それは、何の蟠《わだかま》りもない、心和《なご》ませる愛らしさでした。

チビ黒の方が、身体《からだ》が小さいので、すぐ組み伏せられてしまいます。トラは、中くらいの大きさの身体《からだ》ですが、太陽を浴びて背中は白銀に輝いていました。時折、トラのことを「シルバーちゃん」と呼んでいるのを耳にしておりましたが、本当にきれいな毛並みでした。

敵意はなくて、組つ解《ほぐ》れつ、いつものベランダの冷たい床よりも、落ち葉の上を、身体《からだ》ごと滑《すべ》るのが心地よいのか、何度も何度も繰り返すのでした。

このねこも、私と同じで、この家で餌《えさ》をいただかない限り、明日という日がないことが少しだけ理解できました。それでも、私のねこに対する凍《い》てついた心は、可愛《かわい》らしい仕草《しぐさ》でじゃれる姿を見ても、笑顔を取り戻《もど》させてはくれませんでした。

寝ても覚《さ》めても、夢の中で見た、トラのやせ衰《おとろ》えた後ろ姿が思い浮かぶのです。私も死を迎えたら、あのような姿なのかと思いを巡《めぐ》らすと、気分がだんだん悪くなり、起きておれなくなるのでした。太陽の高いうちに寝るのは不遜《ふそん》と思いながら、我慢《がまん》できなくなって、ベッドに横になりました。

うつらうつらと、何をしても根気が続かないのです。今が、私にとって人生で一番嬉《うれ》しい時なのです。二冊も本の出版が決まり、それに向けて昼間は校正等、やることが山ほどあるのでした。親切にされ、やさしくされるほどに、意固地《いこじ》になって、反発心は、攻撃的な言葉の刃《やいば》となるのでした。多忙ゆえの私を労《いた》わる家人の心遣《づか》いさえ、全く的《まと》を得てはいないのでした。

時の流れの中で、日々の幸せな生活を維持するのは、私の心の持ち方次第でした。それが判っていたはずなのに、予期せぬ反対方向へと行ってしまうのでした。

早々に、一冊目の『それ行けちよさん93歳!!』の見本が、十一月半ばには出来上がってまいりました。私は、嬉《うれ》しくなって、トラのことも忘れ、本当に幸せな気分で過ごせるようになっておりました。

暮れも押し詰まった頃、年末の多忙な中で、疲れているのか、娘の顔色が冴《さ》えないことにやっと気付きました。

――きっと、私が、面倒をおかけしているので、疲れてしまわれたに違いない――

そのように、とんでもない方向へと、心はまたしても暗い方へと、曲がって考えてしまいました。どんな場合でも、感情を見せない娘の、昨今の冴《さ》えない原因が判ったのは、かなり経ってからのことでした。

テレビをつけると、クリスマスのジングルベルの音色が聞こえ始めた、師走《しわす》の半ば頃から、トラの姿を見かけなくなっているとのことでした。身心の不調と、本の出版に気をとられていた私は、外ねこのことにまで頭が作動していませんでした。数日前から、雪の舞うベランダに、しょんぼりと座っているチビ黒だけを見かけてはいたのです。数日間、そんなことが続いて、やっと私は、ねこのことを家人に尋《たず》ねたのでした。

トラが、餌《えさ》を食べに来ていないことを知りました。娘は、トラの身を案じていたのです。

「トラは、生まれた時から腎臓が弱いのです。そのために、ずっと治療薬を飲ませていたのです」

娘の言葉に、私は、この極寒の中にいることが、トラにとっては致命傷であることを察知しました。

――あんなになついていたのに、何故《なぜ》帰って来ないの――

私は、思わず言葉を荒げてしまいました。

「トラは、やはり野生なんです。病気になると、なかなか捕まえるのが大変で、人間に近付いてくれません」

ねこの習性を知らない私にも、何か頷《うなず》けるものがありました。

二階の自室に早々に戻《もど》った私は、窓辺の机に向かいました。

どんより垂れ込めた、厚いうっとうしい天空に向かい、手を合わせました。

――トラ、トラ、どこにいるの、早く帰っておいで――

何度も何度も、やせ衰《おとろ》えた、あの夢の中のトラの姿を消し去り、拭《ぬぐ》い去りながら、トラが暖かいこの家のねぐらに帰ってくることを、一途《いちず》に願いました。

雪のちらつき始めた窓外を見ると、いつの間に来たのか、エアコンの上にいるチビ黒の、私を見つめている目と合いました。物言わぬチビ黒が、じっと見つめる必死なまなざしに、思わず涙がこぼれました。

——寒いだろう、ねぐらへお帰り——

チビ黒に、心の中で言い聞かせました。まるで、その声に反応したように、チビ黒は、素早《すばや》くベランダから姿を消しました。

弱々しく、淋しげなチビ黒は、孤独な色を一層濃くしたように、私には見受けられました。

——チビ黒ちゃん、トラを捜してきて——

チビ黒にすがりたい気持ちになって、物言わぬねこにまで、私は、必死でトラのことを、お願いいたしました。

その日の夜七時頃です。私が夕食をいただいている時に、トラが帰ってきたことを知らされました。

玄関脇に、暖かくして、ねぐらを特別に作っていた中に、トラは横たわっていたそうです。

大好物の餌《えさ》を用意し、持って行ったらトラは、そこにはいませんでした。

ほんの一時の安らぎを求めて、やせ細った姿で、帰って来たのでしょうか……。

それとも、私達人間に、安らぎを与える為《ため》に、姿を見せてくれたのでしょうか……。

寒いこの夜を、どこで、どう過ごすのかと思うと、自然に私の目は潤《うる》むのでした。

この家のミケちゃんが、私の膝《ひざ》の上にいきなり跳《と》び乗って来ました。暖房の近くにいる私の膝の上が、居心地《いごこち》が良いからでしょう。

今までの私は、邪険《じゃけん》に払いのけていたのです。初めて、ミケちゃんを受け入れることができました。そんな私の変化を、娘は黙って見ておりました。そして、外ねこと私をあまり接触させなかったのは、病気を持っているねこゆえに、私の身体《からだ》に障《さわ》るといけないとの配慮であったことも判りました。

家の中で飼っているねこと違い、外ねこは、どんな病原菌を持っているのか判らないので、抵抗力の弱い私への気遣《づか》いからでした。

ひとつひとつ判ってみれば、すべて自己流に悪い方へ悪い方へと、怒りや恨みへと続く、破壊的な思いを紡《つむ》いでいたのです。幸せな楽しい気分とは全くほど遠い所に、私は今までいたことに、やっと気付きました。

本の出版準備で忙殺《ぼうさつ》される中、今ひとつ、心から笑えないもの、その原因が判りました。

私は、何もかも、洗いざらい、娘に、そして心配げに私を見守る家人に、ねこについて内緒《ないしょ》にしていたことを話しました。

聞き終わっても、誰も口を開きませんでした。それは、今その夢が、現実となって、トラの姿と重なってしまったからでした。私はすべてを打ち明けたことで、少しは心が軽くなったように感じました。

その夜、私は眠ることができませんでした。トラのことが気になりだして、居《い》ても立ってもおれないほど、今までのねこへの悪感情を後悔してのことでした。庇護《ひご》しなければならない弱い者達へ、もっとやさしく、なぜ愛《め》でてあげなかったのかと――。

私が遠い昔に乾物を盗られたねこと、トラやチビ黒、ミケちゃんまでもごちゃ混ぜにして、敵意を剥《む》き出しにしていた、自分の愚かしさが恥ずかしいからでした。

――いい年して、ちよさん、なんて恥ずかしいことしてるの――

目を閉じると、トラの賢いお目々が、私にそう言って迫《せま》ってくるのです。

――判ったら、それでいいけれど――

と、ねこにお叱《しか》りを受けておりました。

ねこ達に本当に申し訳ないことをしたと、何度も何度も、許しを請《こ》いました。

生きとし生けるものすべて、地球上に生きる仲間です。どんなことがあっても、敵意を持ってはならないのです。

短歌

変わりなき尊き命紙くずか
こやしにおとる価値もなくして
地球なか微生物たちたいまんの
見かねた神の雪のこらしめ

勝ったとてプラスにならで行くところ
争い中に身動きならず

魂のいかんによりて生きものの
悲喜うまるるはたがいたずらぞ

微生物地球せましとあふれ落ち
大気となって空へ昇るか

ひたすすむ人倫《じんりん》きびし肉破れ
骨となりつつ行かねばならぬ

花里に行けぬ闘病我なるに
桜とつつじ枝を賜《たまわ》る

寂しさを誰に語らんすべもなく
ペンに語りて今日も暮れ行く

神ならぬ一寸先も知れぬ身の
光もとめてすがりて行かん

わが魂死ねばもろとも同体の
悔《くい》もなければかなしみもなし

川柳

島陰《かげ》に一人しょんぼり何を見る

秋だなあ夜中に咳《せき》が二つ三つ

水すみて日やけの顔をのぞき見る

敬老日悲喜哀楽のいそがしさ

祝かと思えば話したのまれる
なんとまあ心中の相手雪だとは

錦秋よそほ《（お）》いまして人を待つ

腰おろすみかんの黄色こいしいな

チビ黒の鳴き声むなしトラ逝《ゆ》きて
行く秋やみかんもぐ手に日のやさし

〈五〉

生命《いのち》への讃美《さんび》

年末年始に診察がお休みになるので、暮れが近付くほどに、

「お医者さんへ行きましょう」

顔を合わせるたびに、家人に言われるのが疎《うと》ましくて、私は自室にこもりがちでした。

寒さを口実《こうじつ》にしていたのですが、私がいる場所は、寒い所はないのでした。私がこの家にやって来た夏の終わりには、お風呂にまで暖房を設置してくれたのですから……。

至れりつくせりの気配《きくば》りの中にいる私は、だんだんと口実《こうじつ》を設《もう》けての逃げ場がなくなってしまいました。

よおうく考えてみれば、

――お医者さんへ、良くなったら行くから――

との、私のいつもの返事は、どれほど会話の言葉として無意味

であるか、判るのでした。

具合の悪そうな私を見かねてのことですから、それに対して、良くなってから行くという返事は、全くナンセンスなことでした。それでも皆《み》んなは、私の自由にさせてくれているのでした。

こうした日常の言動を、私は思考錯誤《しこうさくご》しながら、ひとつひとつおかしいことに気付くたびに、恥ずかしいと思うのです。そんな時だけは、相手の心に添えるように、一瞬ですが、素直になれました。

お医者さんへ行きたくないのは、病気を次々と明らかにされることが、本当は怖《こわ》いのではないか——。

今まで何度も大病し、今でも健康体ではないゆえの、死を恐れての逃避《とうひ》ではないか——と、家人は思っているようです。

今回のお医者さん行きも、高血圧のお薬を処方《しょほう》していただいておりますので、お歳暮をお持ちせねばならないと思い立ったからでした。久方ぶりに、ご無沙汰《ぶさた》していた、むっつり右門《うもん》のお医者さんへ、気が進まないままで参りました。

こんな身体《からだ》ですから、今更《いまさら》診察しても始まりませんが、お言葉に従うことにいたしました。

血圧は相変わらず高いし、以前よりも歩行が困難ですし、動けば、心臓は、すぐ呼吸が苦しくなってしまいます。どうしようもないこんな身心を抱《かか》えて、お医者さんへ行くことが、私にとっては苦痛なことでした。田舎にいた時は、いつも往診《おうしん》して下さる親しい先生がおられたのです。それでも、家人の心配を取り除くためには、気が進みませんが、仕方ないことでした。

この一年余り、私はほとんど自室にこもりきりでした。自由にどこへでも行けばよいと、何度もお勧《すす》めをいただいても、咄嗟《とっさ》に健康状態を危惧《きぐ》するあまり、外出はおろか、庭にさえ出たくなくなっていました。

久しぶりの外出は、近い距離とはいえ、私は疲れました。それでも気力だけは、ありました。『それ行けちよさん93歳!!』の第一作目が、十二月二十日頃、東京、横浜、大阪、北九州、北海道の大型書店に並んでいたからです。

東京の新宿にある紀伊國屋書店では、週間ベストテンに入り、棚に展示されているという知らせをいただいておりました。地元の横浜の地下街にある有隣堂で、そして、横浜紀伊國屋書店でも週間ベストテン入りし、展示《てんじ》されているとのことでした。横浜西口駅までは、わずかな距離ですが、勧《すす》められてもやはり、私は外出することができませんでした。

私は嬉《うれ》しくって、それらの展示されているご本のカラー写真を見せていただきながら、いつまでも、いつまでも、自分のことは思えず、それでいて、至福の夢心地《ごこち》の中におりました。

身も心も、すべてがなくなったような、透明な軽やかさの中にありました。本当に人間の身体《からだ》は勝手なもので、私の心が楽しく、嬉《うれ》しいことで満たされていると、軽やかに、元気に身体《からだ》もそのように過ごせるのです。

いつも心穏《おだ》やかに、豊かな愛に満ちた今の、この温《あたた》かな心でいれば、本当に何の心配もないのでした。

それなのに、何を、ああでもない、こうでもないと、頭で考え込み、自分を駄目《だめ》にして来たことかと、あきれてしまいます。いつも、嬉《うれ》しく、楽しく、笑顔でいれば、憂《うれ》うことはないはずです。こんな簡単なことが、出来ないのです。それもまた人間なんだと、そう思ってしまうと、随分と楽な気持ちになれるのでした。

身心共に立ち直った私は、爽《さわ》やかに、新年を迎えることが出来ました。

三が日も過ぎた頃でした。

耳障《みみざわ》りなねこの鳴き声が、またしても、悲痛な泣き声が、ずっしりと、恐怖感を伴って、私を襲《おそ》ってまいりました。

何故《なぜ》か、暖かい室内に居《い》るのに、私は鳥肌《とりはだ》が立ち、悪寒《おかん》が全身に走りました。

私は、心臓を一突きにされたような、痛みと衝撃《しょうげき》で、椅子《いす》の背に深々と身体《からだ》を預《あず》け、

――誰か来て、誰か来て――

声なき声で叫ぶのですが、助けはありませんでした。

目の片隅《かたすみ》に、弱々しいチビ黒が、悲鳴のような泣き声を上げて、窓際《まどぎわ》に立ち、必死で背伸びして、前足を窓ガラスにかけて、何かを訴えている様子《ようす》が見えました。

追い払う力も、また訴えを聞いてあげる力も尽き果て、私は、チビ黒に、

――私は、もうお迎えが来たのかも知れないんだよ。死ぬかも知れないのだから、あっちへお行き――

声なき声で、チビ黒に言い聞かせました。耳奥に残る悲鳴にも

似た、チビ黒の叫び声は消えました。

――そうだ、今日は、この家には、今、私一人なんだ――

誰もいないのは当り前でした。

――電話番はもう出来ないけれど、お留守番《るすばん》ぐらい大丈夫《だいじょうぶ》。私のことは心配しないで、皆《み》んなで行ってらっしゃい――

部屋の中で過ごしていれば、心配するほどのこともないと、私も思っておりました。

元気な声で、家人が出かけるのを見送ったばかりでした。お昼までには、帰って来るとのことでした。

横浜の有隣堂と、紀伊國屋書店へ、皆《み》んなして、『それ行けちよさん93歳!!』の陳列されている本を、見に出かけたのでした。

一人ぼっちのお留守番《るすばん》を、危惧《きぐ》する声をはね除《の》けたのは、私でした。

――たったの一時間もしないで戻《もど》ってくるのだから、本当に大《だい》丈夫《じょうぶ》ですよ――と。

ところが、皆《み》んなが出かけた直後、急に私は、具合が悪くなってしまったのです。

まるで、走馬灯《そうまとう》のように、目の前に、私の九十五年間の歩みのすべてを、見ることができました。

――とうとう私は、死んだのだわ。私、本当に死んでしまったに違いない――

そう思いながら、とぼとぼと、寒々とした薄もやの中を、ただただ、前へ前へと、一歩また一歩、重い足を運んでおりました。

少しずつ、少しずつ、薄もやが晴れて来て、まもなく、視界が、行く手を映し出してくれました。

――ここは、どこなのか――

殺風景《さっぷうけい》な中に、一本の白い道が、どこまでも続いておりました。

――この道は、どこに行く道なのかしら――

視界の中に、小さな点のようなものが、見え始めておりました。

私は目を凝《こ》らし、ただその一点を見つめました。なんと、それは、トラでした。

トラが、黙々《もくもく》と、それでいて、しっかりした足取りで、ずっと遥《はる》か私の前を、あの夢で見た通りの痩《や》せた姿で、歩いているではありませんか。

――トラ、トラ、探していたんだよ。待ってちょうだい、帰っておいで、皆《み》んな、心配しているから――

トラは、私の声が届いたのか、力強さを増して、どんどん前へ、前へと駆け出しました。その距離は、ずんずん引き離されて行きます。

皆《み》んなが、トラのことを心配していることを思うと、

――トラッー、待ってちょうだい、帰っておいで。トラ、待ってちょうだい……トラ、逃げないで、トラ、行かないで――

もう私は、夢中になってトラの後《あと》を追いました。

赤いタスキをかけて、昔、駆けっこも速かった、小学生のちいちゃんに戻《もど》り、必死でトラ目指して走りました。今でも小柄《こがら》な私は、小学生の時も、小さいからちいちゃんと呼ばれていたのです。それでも、運動会になると、いつも、駆けっこでは一番になるのでした。

背の低い小さな私が、背の高い、大きな方を、一人抜き、二人抜き、三人も抜いた時は、皆《み》んなが、ちいちゃん、バンザイ、バンザイと大声で喜んでくれたものでした。先を行くトラの早足には、そのスピードには、さすがの私もついて行けません。ますます元気を取り戻《もど》したトラは、どんどん駆けて、駆けて、颯爽《さっそう》と走り行きます。あの丸い尻尾《しっぽ》が、リボンを付けたように、綺麗《きれい》に脹《ふく》らんでいて、シルバー色に輝くその姿は、元気ないつものトラでした。

――シルバーちゃん、トラちゃん、皆《み》んなが待っているのよ。心配してるのよ。意地悪《いじわる》して、ごめんね。今度こそ、怒ったりしないから、トラ、行かないで……。トラ、戻《もど》って来て……トラちゃん、トラッ……――

トラの姿を、追って、追って、行けども行けども、小さくなって、点になり、視界から消えてしまいました。

トラの姿を見失った私は、誰もいない、果てしない道に、途方《とほう》に暮れて、立ち止まりました。

〈そこ行く婆《ばあ》や、待ったしゃれ〉

微《かす》かな声が、聞こえたように思えたからです。

耳を澄《す》ましていると、確かに、力強い、凛《りん》とした声が耳に響いて来ました。

辺《あた》りを見回すと、誰も姿はありませんでした。再びその声は、私の耳奥ではっきりと聞き取れました。

――婆《ばあ》やって、私のことでしょうか――

と、お尋《たず》ねしてみました。

〈他に、誰が居《い》るというのか〉

言われてみれば、全く仰《おお》せの通りでした。

その言葉のせいか、もやが晴れて来て、明るさが増して来ました。再び周囲《まわり》を見ましたが、何も見当りませんでした。

〈まだ、やることが残っているはずだ〉

——えっ、何をですか——

問い返した瞬間、

〈死に急ぐことはない〉

明るい陽光が増してきました。

目の前の白い道は、視界から消えました。

何のことか、咄嗟《とっさ》には、理解できませんでした。少しずつ、私の頭は原稿を書く時のように、冴《さ》えてまいりました。胸の痛みも取れて、いつもの椅子《いす》にいつものように座り、右手に、テレビのリモコンを持って、消音のままで、テレビはつけっ放しでした。

テレビでは、老いた顔が映し出され、有料老人ホーム等の、完備した施設の、お食事メニューが紹介されていました。

綺麗《きれい》なお洋服を着た、年相応《そうおう》にお歳を召した女性や、初老《しょろう》の温《おん》厚《こう》そうな紳士達が、

――ここは本当に良い所です――と。

本当にそうおっしゃるのでした。

肉親を、施設に送り出した家族は、

――良い所が見つかり、良かった、良かった――

と、心から嬉《うれ》しそうにおっしゃる顔、顔、顔、その晴れ晴れとした声、声、声……

それを見ていると、テレビの画像とはいえ、私は、侘《わび》しくなって、心の中に風穴が開いて、吹き抜けたような、虚無感《きょむかん》をおぼえるのでした。

元気なトラの、シルバー色に輝く姿が、映像のように、私の脳《のう》裏《り》に浮かんでまいりました。

――元気で良かった。本当に良かった――

トラの元気な姿に、安堵《あんど》するのでした。

地上での人生行路で、生、老、病、死、という体験を、人間はせざるをえません。私は、九十五歳になっても、死に対する恐れからなのか、死を忌《い》み嫌い、逃避《とうひ》していたことに気付きました。

外出一つをとってみても、あれこれと口実《こうじつ》を探しながら、

――行かない、行けない――

と、否定的なマイナスへマイナスへと自《みずか》らの答えを探している
のでした。
――積極的に、どんどん好きな所へ行って、外出先で死んでも良
いではないの――
――いつ死んでもいいと、日頃から公言してきたではないの――
娘が、風呂へ入りたがらない、外出したがらない私に
「何があっても、あるがままを受け止めれば、何も怖くないでしょ
う」
この言葉の重みと、今さらにその深さを、今はしみじみと、判
るような気がするのでした。
死を本当に恐れていなければ、どこへでも、積極的に出かけて
行けるはずでした。

トラの、シルバー色に輝く、美しい元気な姿を目の前でみせてくれたことは、生命は永遠であることの証《あか》しでした。死は、永久《とわ》に続く生命の旅路での一里塚《いちりづか》にしか過ぎなかったのです。あるがままを受け止めて日々を過ごせば、何の心配もないことでした。肉体が死を迎えても、次なる旅路で再生し、永久《とわ》に生命はあり続けるのです。そのためには、私のような未熟者《みじゅくもの》は、トラのようには行けないのです。

トラが消えて行った道は、人間としてのお役目を全《まっと》うした暁《あかつき》に、誰もが行く道でした。

それは、人間であれ、ねこであれ、生きとし生けるもの、地上すべてのものに、平等に与えられているのです。人間だけでなく、犬もねこも、小鳥達も、すべての生きとし生けるものに、平等に与えられているのです。

賑《にぎ》やかな声がして、

「ちよさあん、お土産《みやげ》買って来たよ」

可愛《かわい》らしい曾孫《ひまご》達が、順番に顔を見せるのでした。

「ちよさあん、お留守番《るすばん》できたねぇーっ」

と、曾孫《ひまご》から、お褒《ほ》めの言葉をいただきました。

これら一連のねことの関わりは、死に対する恐怖感を拭《ぬぐ》い去ってくれました。そして、この家に来てから、ずっと内に秘めて来た、ねこへの敵対心《てきたいしん》がなくなりました。

これからの私は、

――野良ねこにまで、――

の、偉ぶった言葉を、二度と口にしないと思います。

どうして（野良ねこにとか）……

どうして（餌《えさ》を与えるの）……

と、非難するだけで、何ひとつ行動出来ないことが、恥かしいというふうに、世の中が変わるのも近いように思います。自らが体験しないことには、頭だけの理論や理屈では、誰が、どんな綺《き》麗《れい》ごとを言っても、何ひとつ、ねこ一匹ですら養うことはできないのです。

ある日突然、あなたの玄関先に、死にそうなトラやチビ黒が、万《ばん》物《ぶつ》の長である人間を、信頼し、助けを求めて来たら…。

それが、犬だったら……熊だったら……猪《いのしし》だったら……

そして、人間だったら……

あなたなら、どうしますか……。

その答えは、わたくしが、私の内にある純粋な心で、決めることになるのです。

決して、この家の家族も、殊更《ことさら》に、ねこが好きというようなことではありません。

好き嫌いではなく、生きているものに与えられた、生きるという生命《いのち》を大切にしたいからです。

かけがえのない尊厳なる生命《いのち》。動物であれ、人間であれ、この地上に、今世で生かされている生命。お互いに尊び、好きとか嫌いとかによって、差別や侮蔑《ぶべつ》があってはならないのです。

私が授かったこの生命は、それはまた、あなたの生命でもあり、地球の尊い生命でもあるのです。そのことが各人各様《かくじんかくよう》の体験によって判ってくると、戦争もいかなる争いごとも、対立という感情そのものが、この肉体からなくなるのです。

どんな場合でも、相手の立場に立ち、共に考えることで、相手を気遣《づか》う思いやりが芽生えるのです。個や我を超えた、人間として、今世紀を共に、この地球上で生きる同胞としての絆《きずな》が生まれるのです。

そこには、宇宙からの俯瞰《ふかん》で見た、運命共同体としての、地球人類という生命が、燦然《さんぜん》と宇宙の中の一つの星として、永久に輝きを増していくことでしょう。

これより、ちよさん96歳の足跡を、エッコラホイサで記《しる》していきたいと思います。

短歌

奇形トマト末広がりにさもにたり
何かよい事《こと》ある印《しるし》かも

美を見ればむくむくおこる欲望の
仏《ほとけ》か鬼《おに》か見さかいつかず

はるばるとメダル求めにトリノまで
ころび届かぬうでのみじかさ

鬱《うつ》さんも笑顔に変えてしのぶれど
時には言《げん》にチクリとさゝる

お日様も今日はごきげんニコニコと
寒さを包み暖められる

手を合わせはげた頭をまる出しに
おじぎをすればそれですむのか

忍ぶれど水の流れは意のごとく
われの悩みを知るよしもなく

チビ黒の猫のなき声しなくなり
好きではないがでも気にかかる

思い出の面影《おもかげ》今はいずこにぞ
年賀ハガキへ筆の歩をとむ

筆《ペン》取れば原稿走る戦争は
悪だと必至《ひっし》締め括《くく》りする

川柳

けんぽ梨《なし》秋をつげるか色っぽく

初めての質草《しちくさ》の味よかったよ

装いや鏡に向かい七八苦

あめ玉でよろしいからとおことわり

民営化駅でうどんを売り出した

味はどう指でほおばる女ぐせ

雪まつり間《ま》にあい過ぎていかにせん

頭下げ静かに元旦神の前

なつかしき面影《おもかげ》うかぶ住所録

ホリちゃんかわゆい顔を信じたに

あとがき

地球上のあらゆる分野での出来事《できごと》が、全く今までの感覚では、理解できないように変わって来ています。

良き方へと発展して行っている分野と、全く既成概念《きせいがいねん》によって前へ進んでいない分野が、鮮明になってまいりました。

今までの私は、理解度を年のせいにしておりました。

最近は、加齢による考えの相違からではないという、確信にも似た思いがあります。

人間が本来のあるべき姿として、この地上に生きることの、初歩的な基本が、忘れ去られてしまった結果ではないかと……。

それは、教わって出来るものでもなく、遅々《ちち》たる歩みの中を、自らが、ひとつひとつ、体験の積み重ねによって、体得していくしかないものです。

明治生まれの私の体験を通しての視点の中に、何かお役に立つことがあれば幸いです。

出版につきまして、多大なご協力を賜《たまわ》りました、たま出版の皆様に、心より感謝を申し上げます。

二〇〇六年師走《しわす》

ちよ女記

〈著者紹介〉

ちよ女（ちよじょ）

1910年（明治43年）生まれ。
岡山県苫田《とまた》郡高田村（現津山市）出身。
農林業を営む旧家《きゅうか》の一女として生まれる。
20歳の時、酒類・塩・乾物などを扱う倉敷市の商家に嫁《か》す。
4人の子どもを育てながら、67歳で夫が亡くなって
からも、一人でのれんを守り抜く。
趣味の川柳《せんりゅう》・短歌は、一昔《ひとむかし》前、山陽俳壇《さんようはいだん》で多数の
作品入選実績がある。
著書：『それ行けちよさん93歳!!』（たま出版）
　　　『それ行けちよさん94歳!!』（たま出版）

それ行け　ちよさん　95歳!!

2007年2月21日　初版第1刷発行
2007年3月1日　初版第2刷発行

著　者／ちよ女
発行者／韮澤潤一郎
発行所／株式会社たま出版
〒160-0004 東京都新宿区四谷4-28-20
☎ 03-5369-3051（代表）
http://tamabook.com
振替　00130-5-94804
印刷所／株式会社平河工業社

ISBN978-4-8127-0233-8　C0092